NANCY
LA ELEGANTE

y el ballet
de las sirenas

Escrito por
Jane O'Connor

Ilustrado por
Robin Preiss Glasser

SCHOLASTIC INC.

A J.O'C. de J.O'C., ¡con todo mi corazón!

A Jane, con agradecimiento, por crear este mundo que ha cambiado el mío
—R.P.G.

Merci a Savanah, la ganadora del Fancy Nancy Fantastic Fan Photo Contest, y a su familia por permitirnos incluir en el ballet de las sirenas a alguien inspirada en su fabulosa figura.

Originally published in English as *Fancy Nancy and the Mermaid Ballet*
by HarperCollins Children's Books, a division of HarperCollins Publishers.

Translated by J.P. Lombana

ISBN 978-0-545-60062-0

12 11 10 9 8 7 6 5 4 3 2 1   13 14 15 16 17 18/0

Printed in the U.S.A.   40
First Scholastic Spanish printing, September 2013

engo noticias sensacionales. Sensacional quiere
decir bueno y emocionante a la vez.

—¡Vamos a estar en un ballet! —les digo a mamá y a
Jojo—. Se va a llamar *Bailes del Fondo del Mar*.

No me cabe duda —o sea, estoy 100 por ciento segura—
de que Madame Lucille nos elegirá a Bree y a
mí para que seamos sirenas.

Nosotras jugamos a ser sirenas todo el tiempo. La piscinita de Jojo es nuestra laguna. Una laguna es una especie de lago elegante.

Jugamos a que nuestra casita en el patio se llama la Mansión de las Sirenas. (Las mansiones son casi tan grandes y elegantes como los castillos).

Nuestros nombres de sirena son Turquesa y Zafiro, que son tonos elegantes de azul.

Este es mi disfraz de sirena. Lo diseñé yo misma.

La víspera de la clase de baile, hice una presentación para todos. No es por alardear, pero soy la persona con más estilo de toda mi familia.

¡Tatán! Hago mi entrada triunfal.

Doy unos saltos que se llaman *jetés*...

y unas cuclillas que se llaman *pliés*.

¿No es maravilloso que tantas palabras de ballet sean en francés?

—Ay, tal vez Madame Lucille me nombre sirena principal —digo, pero enseguida bajo la voz—. Claro que voy a sentirme muy mal si me dan un papel más importante que a Bree.

—Nancy, recuerda que bailar en un ballet es sensacional, así te den el papel más pequeño.

Le digo que sí. Creo que a mamá le preocupa que a Bree no le den un buen papel.

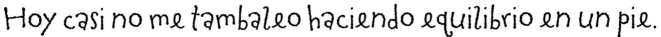

Hoy casi no me tambaleo haciendo equilibrio en un pie.

Y casi no me cabe duda
de que Rhonda se estrelló
contra mí, no al revés.

Madame Lucille me dijo dos veces que estaba progresando. Esa es una manera elegante de decir que estoy mejorando.

—Merci, Madame —le digo.
Después hago una venia de ballet.

Al final de la clase, Madame Lucille
anuncia los papeles. Bree y yo estamos juntas.
Cruzo todos mis dedos.

¡Casi no puedo aguantar el suspenso!

Mi papá me recoge y le cuento la horrible noticia.
—Soy un árbol.
—Y yo soy una ostra —dice Bree.
Papá actúa como si eso fuera sensacional.

—Papá, no entiendes. Mi disfraz va a ser
MARRÓN —le digo—. No hay manera de que me
vea elegante de marrón.

Más tarde, Bree y yo nos reunimos a tomar té para darnos ánimo.

—Chérie —le digo usando la palabra francesa para "querida"—, vas a ser la mejor ostra que haya existido.

—Nadie hará de árbol mejor que tú —dice Bree.

En la siguiente clase de baile, ensayamos nuestros papeles. ¡Y adivina qué! No soy un árbol cualquiera. Madame Lucille me dice que haga como si fuera un sauce llorón.

—Los sauces tienen mucho estilo —dice Madame—. Sus ramas se mecen, se doblan y se balancean con el viento.

Me doblo y me balanceo en todas partes.

Pongo cara muy triste porque soy
un sauce llorón.

Una semana después, recibimos una noticia alarmante. Alarmante es una palabra elegante para decir sorpresiva, solo que es algo malo. Savanah, una de las sirenas, se torció el tobillo. No puede bailar.

—Savanah va a participar en el ballet —dice Madame
Lucille—. Pero será una de las ostras, y…

Bree la reemplazará como una de las sirenas.

¿Qué?

Bree me abraza. Está radiante. (Eso quiere decir que sonríe de oreja a oreja).

—Me alegro mucho por ti —digo, pero no es la verdad.

Prefería cuando ninguna de las dos era una sirena.

Cuando llego a casa,
guardo mi lindo disfraz
en el fondo del ropero.
¡Nunca más volveré
a ser una sirena!

Cuando mamá viene a darme las buenas noches, le digo lo de Bree.

—Soy muy mala. Le mentí. Dije que me alegraba por ella, ¡pero no es cierto!

—Eso no es mentir exactamente —dice mamá—. Tú quieres alegrarte por ella, ¿no?

—Por supuesto. ¡Es mi mejor amiga!

—Ahora te parece difícil alegrarte porque ella consiguió algo que tú querías mucho —dice mamá—. Estás celosa. Pero tu corazón es tan generoso y cálido que derretirá todos los malos sentimientos.

No me cabe ninguna duda de que mi mamá es la mamá más sabia del mundo.

Al otro día, le doy a Bree mi tiara de conchas.
—Te la regalo —le digo.

—Ojalá las dos fuéramos sirenas —dice ella.

Poco después, es hora de alistarse. Mi disfraz es magnífico.

Mis ramas están hechas de oropel. Y llevo un pequeño nido en el pelo. Voy a ser el sauce más elegante de todos.

El ballet es un triunfo sin par. (Esa es la manera elegante de decir un gran éxito). Cuando me toca bailar, algo sucede.

Me dejo llevar por la música. Me doblo y me balanceo casi como un sauce llorón de verdad.

Al final, nos dan una ovación de pie. Eso quiere decir que todos saltan y aplauden como locos.

Mis padres me dan un bellísimo buqué de flores.

—Merci —digo—. Mamá, tenías razón. Fue
sensacional bailar en un ballet.

Todos vamos a La Corona del Rey a celebrar. Bree y yo brindamos la una por la otra. Eso quiere decir que hacemos que nuestros vasos se toquen y luego gritamos:

—¡Bravo por nosotras!